Las Aventuras del Príncipe Diego:

Diego viaja por el mundo

por David Days

El Reino Azul era un lugar mágico y tranquilo que se encontraba alejado de cualquier otra civilización. Muchos habían intentado conquistarlos, pero nadie podía derrotar a su Rey, en batalla. Un día, el Rey recibió una invitación para hacer acuerdos de paz con varios países del mundo, y decidió llevar con él a su hijo el príncipe Diego, con la misión real de unificar a los niños de todos los Reinos.

Era la primera vez que Diego salía del Reino Azul, y estaba muy emocionado de subir a un avión, ver el mar, ver lo pequeño que se veía su castillo desde el aire. Por fin conocería otro país y se moría por encontrar otros niños como él para jugar y hacer amigos.

La primera parada del Rey fué en Asia. Diego se bajó medio mareado del avión y el Rey solo se rió. -Diego, debes tener más cuidado- decía tomandolo de la mano. Los recibió un funcionario Asiático y los acompañó a su hotel. En el camino, Diego iba pegado de la ventana, viendo a las personas asiáticas caminar por la calle. Al llegar al hotel, Diego parecía desanimado, no había visto ningún niño.

-¿Papá, en Hastia no hay niños?- dijo Diego cabizbajo.

-Se llama Asia, Diego, y sí, hay niños, pero a estas horas tienen que estar saliendo de la escuela, por eso no hay ninguno en las calles- dijo el Rey mirando su reloj. Justo como el Rey lo predijo, un grupo de niños entraron con sus padres al hotel y Diego gritó y se escondió.

-AHHH!!! ¡Papá, míralos ¿qué les pasó a sus ojos?! y su cabello, ambos están planos!- dijo desde atrás del Rey. El Rey se rió denuevo y lo sacó de su espalda.

-Diego, son niños como tú, mira el color de su piel, mira el color de sus ojos, su cabello y sus ojos están así porque aquí hace mucho frío-

-Oye sí, se parecen a mí-
Diego se acercó a un grupo de niños y para su sorpresa los niños también se asustaron un poco. -¡Wow, que ojos tan grandes! Y qué lindo cabello rizado- decían los niños mientras tocaban a Diego. Está claro que a él no le molestaba que le dijeran cosas lindas. -Me gusta el pelo de ustedes, te apuesto a que no tienen que peinarlo- dijo Diego revolviendo el cabello de uno de los niños y viéndolo volver a su posición perfecta. Diego se fué a jugar con los niños, mientras su papá negociaba con los asiáticos.

Cuando el rey terminó fué al parque a buscar a Diego. Diego llevaba un sombrero asiático, unas sandalias de madera y unos ganchos en la cara que hacía que sus ojos parecieran planos. El

rey, a la distancia, sonrió al ver a Diego compartir con niños que físicamente no eran como él, pero que por dentro eran idénticos.

-Niños, buenos días, estoy buscando a mi hijo, él es un pequeño príncipe de pelo rizado y enormes ojos café- dijo intentando no reírse.

-Diego, no nos dijiste que eras un príncipe- los niños se arrodillaron frente a Diego.

-Aja! Te encontré- dijo el rey cargando a Diego.

-Ay papá, dañaste el juego ¿por qué les dijiste que yo era un príncipe?-

-Porque ya debemos irnos, tenemos una agenda apretada-

Diego se despidió de sus amigos, comió algo rico con su papá en el aeropuerto y volvió a subir a otro avión. Horas y horas y horas después llegaron a África.

Al bajar del avión, Diego se encontró con una gran fiesta de bienvenida... pero no vió niños. -Papá ¿También llegamos para la hora de la escuela?-

-No Diego, debe ser la hora de la siesta-

-¡Estos niños son como yo! A mí me encanta dormir la siesta- dijo Diego emocionado, por fin unos niños más parecidos a él.

Cuando fueron al pueblo más tarde, se encontró un grupo de niños jugando en la calle.

-Papá ¿qué les pasa a esos niños? Están sucios- el rey no pudo evitar reírse un poco.

-No están sucios, su piel es de ese color, los protege más, porque aquí hace mucho sol-

-¡Wow! ¡Yo quiero tener la piel así! Estos sí que no se parecen a mí- dijo Diego un poco triste.

-¿Cómo no? Mira su cabello, es rizado como el tuyo-

-¡Tienes razón! ¡Somos iguales también!-

Diego corrió con los niños y lo miraron un poco extraño. Diego se quitó la túnica real y se embarró con lodo. A los niños africanos les pareció muy gracioso y jugaron juntos a la pelota. Cuando el Rey terminó les tocaba irse a otro Reino... Europa.

Diego se bajó con la ilusión de conocer más niños. Los niños asiáticos eran amarillentos como él, los niños africanos tenían el pelo rizado como él, empezaba a creer que realmente todos los niños eran iguales tanto por fuera como por dentro. Entonces se encontró con un niño europeo... su cabello era amarillo, sus ojos eran verdes, su pelo no era rizado, pero tampoco tan plano como el de sus amigos en Asia, su piel era más oscura que la de Diego, pero mucho más clara que la de los africanos... no entendía, este niño sí que no se parecía a él en nada.

-Papá, los niños de aquí sí que son raros, no me gusta, son muy diferentes a mí- dijo Diego cruzado de brazos. El Rey respiró hondo y cargó a Diego.

-Joven príncipe, todos somos diferentes en algo, mira, yo tengo barba y tú no- dijo haciéndole cosquillas en la barbilla.

-Sí, pero porque eres grande... cuando yo sea grande tendré barba-

-Es cierto, pero mi cabello no es rizado como el tuyo- Diego lo pensó un momento.

-Tienes razón papá, somos un poquito diferentes-

-Bueno, ¿esos niños no te acuerdan a nadie?- Diego los miró fijo y se sorprendió.

-¡Se parecen a mi prima Alex!- gritó emocionado, se bajó de los brazos de su padre y fue a jugar con los niños, a ellos no les importó que fuera un príncipe, jugaron hasta que se hizo de noche y al día siguiente partieron al último Reino en la lista... América.

Al llegar, Diego notó que todo lo que había visto antes se unía en América. No era tan caliente como África, ni tan moderno como Asia, ni tan fino como Europa, era... perfecto. La cantidad exacta de cada cosa. Corrió lejos de su padre al parque a buscar niños, que era su misión principal. Y vió que allí habían niños asiáticos, niños europeos, niños africanos y niños como los del Reino Azul... como él. Diego estaba felíz. El Rey lo encontró y lo vió jugando muy distraído y se acercó.

-Papá, encontré a mis amigos-

-No, estos son otros- dijo el rey con una sonrisa.

-Pero son iguales a los que conocí-

-Porque sus familias vienen de todas partes, ellos se llaman latinos- Diego los miró asombrado y siguió jugando.

-Tenías razón papá, todos somos diferentes por fuera, ¡pero somos igualitos por dentro!-

Así Diego volvió al Reino Azul con un mensaje de inclusión y aceptación para el pueblo. Él aprendió que el exterior puede cambiar dependiendo de donde vivas, pero lo que somos por dentro no cambia, todos somos personas y todos podemos ser amigos.

FiN